Die Welt in anderen Augen

Kurze Geschichten

Sandra Hohmann

AF220127

Sandra Hohmann

Die Welt in anderen Augen

Kurze Geschichten

Bibliografische Information der Deutschen Nationalbibliothek:
Die Deutsche Nationalbibliothek verzeichnet diese Publikation in der
Deutschen Nationalbibliografie; detaillierte bibliografische Daten sind im
Internet über http://dnb.dnb.de abrufbar.

Herstellung und Verlag: BoD – Books on Demand, Norderstedt

ISBN: 978-3-7568-6074-6

INHALT

Xiao Hong schaute aus dem Augenwinkel zu der Frau, die links neben ihr saß. Ma Jing hieß sie. Xiao Hong war mit ihr verwandt, hatte ihre Mutter zuhause in der kleinen Stadt an der Küste im Nordosten Chinas zu ihr gesagt. Ma Jing sei schon vor langer Zeit aus China weggegangen, sie habe es geschafft. Xiao Hong sollte es auch schaffen, mit Hilfe von Ma Jing, denn alleine könne sie es nicht.

Vor ihr und Ma Jing stand ein beängstigend großer Schreibtisch, dahinter saß ein Mann, den Xiao Hong auf 50 Jahre schätzte. Alle Menschen, die Xiao Hong bisher in Deutschland gesehen hatte, sahen so aus, als wären sie etwa 50 Jahre alt. Eine ordentliche Frisur, manche trugen Uniform, in jedem Fall immer saubere Kleidung. Und sie sahen ernst aus, sehr ernst.

Ma Jing redete in Worten, die Xiao Hong nicht verstand. Wahrscheinlich war es Deutsch. Heute Morgen, als sie Ma Jing zum ersten Mal in ihrem Leben gesehen hatte, an der Tür zu ihrem winzigen Zimmer, das sie sich mit vier anderen Frauen aus verschiedenen Ländern teilte, da hatte Ma Jing auf Xiao Hong eingeredet, ihr immer und immer wieder vorgesagt, wie man auf Deutsch grüßt: „Guten Tag!" Xiao Hong hatte es versucht, wirklich versucht, doch Ma Jing war nicht zufrieden. Schließlich hatte sie die Geduld verloren, Xiao Hong am Arm gegriffen, und sie hinter sich her gezogen bis zur Bushaltestelle. Sie redete weiter auf Xiao Hong ein, sagte, es würde einen guten

Eindruck machen, wenn sie zumindest schon auf Deutsch grüßen könnte, dann hätte sie viel bessere Chancen, diese Stelle zu bekommen.

Vor Xiao Hongs Abreise aus einem Vorort von Shanhaiguan hatte ihre Mutter sie beschworen, dass sie Ma Jing keine Schande machen solle, dass sie sich ja benehmen und bemühen müsse, schließlich würde Ma Jing mit ihrem Namen für sie bürgen, würde sie empfehlen wollen für eine Stelle. Xiao Hong hatte ihre Mutter gefragt, was genau denn Ma Jing für sie tun würde und ob sie einfach so in Deutschland arbeiten könne, aber statt einer Antwort hatte ihre Mutter nur die Arme erhoben und den Kopf geschüttelt. Später murmelte sie immer wieder etwas davon, wie undankbar Xiao Hong doch wäre, sie solle sich doch einfach fügen. Xiao Hong fügte sich und stellte keine weiteren Fragen.

Ma Jing redete noch immer mit dem Mann. Xiao Hong hatte nichts gesagt, nichts gefragt, sich kaum bewegt. Plötzlich stand der Mann auf, auch Ma Jing erhob sich, schaute mit wütendem Blick auf Xiao Hong herab, die rasch aufsprang, was den Stuhl furchtbar laut über den Steinboden quietschen ließ, dann ebenso wie Ma Jing zuvor dem Mann die Hand entgegenstreckte. Xiao Hong versuchte ein Lächeln. „Guten Tag!"

Ma Jing sagte Xiao Hong am nächsten Morgen, dass sie ab kommendem Montag für eine Saison Reinigungskraft in dem Hotel sei. Sie müsse vor allem Flure und die Haushaltsräume sauber halten, wenn sie sich gut anstellen würde, könnte sie in einigen Wochen vielleicht auch Zimmer reinigen, das würde besser bezahlt. Xiao Hong nickte, lächelte, bedankte sich überschwänglich bei Ma Jing. Dachte an ihre Mutter. Sie würde sich freuen, stolz auf Xiao Hong sein. Sie musste ihr gleich schreiben, telefonieren war zu teuer. Ma Jing wehrte noch immer den Dank ab, machte Anstalten zu gehen, drehte sich noch einmal kurz um. Sie könne Xiao Hong nicht jeden Tag mit dem Bus mitnehmen, eine eigene Fahrkarte wäre für Xiao Hong wohl zu teuer. Ob sie laufen wolle oder vielleicht ein altes Fahrrad kaufen. Xiao Hong schüttelte den Kopf, ein Fahrrad würde Geld kosten und sie wolle doch alles sparen für ihre Familie. Ihr Vater sei doch so krank und bräuchte teure Medikamente. Ma Jing zuckte mit den Schultern. Es sei Xiao Hongs Entscheidung, aber sie bräuchte zu Fuß bestimmt zwei Stunden für eine Strecke, da wäre ein Fahrrad doch praktisch. Xiao Hong schüttelte abermals den Kopf, nein, nein, das sei in Ordnung, kein Problem, sie würde gerne laufen und dann könnte sie auch mehr von der Stadt sehen. Ma Jing öffnete die Tür, verabschiedete sich, sie würden sich dann Montag um 7 Uhr im Hotel sehen, ob sie alles hätte, was sie braucht. Ja, alles, entgegnete Xiao Hong und blieb in der offenen Tür stehen, bis sie Ma Jing nicht mehr sehen konnte.

Als Xiao Hong um Viertel vor sieben das Hotel durch den Dienstboteneingang betrat, wartete Ma Jing bereits im Flur. Gut, sie sei pünktlich. Ma Jing nickte zufrieden. Pünktlich zu sein, sei sehr wichtig, fast so wichtig, wie ehrlich zu sein, und das hieß hier, nichts mitzunehmen, was nicht ihr gehörte. Xiao Hong hielt dem scharfen Blick von Ma Jing stand, warum sollte sie auch etwas mitnehmen, was ihr nicht gehörte? Sie gingen in den

Raum mit den Putzmitteln und den Geräten. Xiao Hong kannte fast alle, nur den elektrischen Fensterputzer nicht. Den bräuchte sie ohnehin erst mal nicht, sagte Ma Jing, drückte ihr stattdessen den Staubsauger in die Hand und trug ihr auf, zunächst einmal im Keller in den Lagerräumen zu saugen, später könne sie dann auch die Flure saugen, aber auf keinen Fall vor 9 Uhr morgens, manche Gäste würden gern ausschlafen. Xiao Hong verstand nicht, es war doch Montag und da musste man doch arbeiten, aber sie stellte keine Fragen. Was sie tun solle, wenn sie jemand ansprechen würde, fragte sie dann später. Ma Jing winkte nur ab, meinte, das würde praktisch nie passieren, die meisten Gäste wären sich zu fein, um die Putzkräfte zu grüßen, sie solle dann halt einfach lächeln und nicken. Vielleicht würde sie mal ein Kollege ansprechen, die wüssten, dass sie nun dort arbeiten würde, aber dann würde man sich mit Händen und Füßen verständigen. Xiao Hong nickte und hoffte inständig, dass sie niemals einen anderen Menschen außer Ma Jing in diesem Hotel treffen würde.

Ein Nebelhorn wummerte durch die Morgendämmerung. Xiao Hong konnte es noch mehr fühlen als hören. Sie blieb stehen. Ein riesiges Schiff kam ihr auf der Elbe entgegen, fuhr Richtung Hafen. Xiao Hong hatte davon gehört, dass viele Menschen ihren Urlaub so verbrachten, manche gar ein halbes oder ganzes Leben auf solch eine Reise hin sparen würden. Das Schiff stampfte langsam an ihr vorbei, ganz oben waren winzig kleine Menschen zu sehen, einige schienen zu winken. Ein schwimmendes Hotel, an dessen Seite eine Zelle an die nächste grenzte. Die Balkonbrüstung war vergittert, Tische und Stühle auf den winzigen Balkons in immer gleichem Abstand, in der immer gleichen Position. In großen Buchstaben stand vorne „MSC Magnifica". Xiao Hong fragte sich, ob „Magnifica" das deutsche Wort für „teuer" wäre oder vielleicht doch eher für „Langeweile". Hinter den Bullaugen knapp oberhalb des Wasserspiegels konnte Xiao Hong Kellner sehen, die hin und her huschten. Frühstückszeit. Teller auftragen, abräumen, nach der Zufriedenheit fragen, lächeln, den Kaffee nachschenken, „Gut geschlafen, die Dame?". Und in der ganzen Zeit die Sonne nicht sehen.

Xiao Hong schrieb ihrer Mutter, wie froh sie sei, in Deutschland zu arbeiten. Es wäre alles viel besser als in China und mehr verdienen würde sie auch. Sie führe ein richtiges Luxusleben in Deutschland und sei ihrer Mutter und Ma Jing aus tiefstem Herzen dankbar. Wie es denn ihrem Vater ginge, wollte sie wissen, ob der letzte Arztbesuch etwas Neues ergeben hätte? Sein Herz sei stark und würde gewiss noch viele Jahre schlagen, schrieb Xiao Hong, und wenn sie weiterhin in Deutschland arbeiten und Geld sparen würde, könnten ihre Eltern auch bald die teuren Medikamente kaufen, von denen der Arzt gesprochen habe. Dann wäre alles wieder gut und würde es auch noch lange bleiben.

„Ksiau Honck!", rief der Mann am Ende des Flurs. Sie schaute irritiert auf, drückte den Schalter des Staubsaugers. Ein letztes Keuchen, dann eine kurze Stille. „Ksiau Honck!", schallte es wieder den Flur zu ihr. Xiao Hong fühlte sich nicht angesprochen, aber sie lächelte und nickte. Dann verständigte sie sich mit Händen und Füßen, bis sie wusste, was der Mann wollte. Ma Jing hatte ihr erzählt, dass die Deutschen, überhaupt alle außerhalb von China, die Namen falsch aussprechen würden. Xiao Hong wusste nicht, wer sich die Umschrift ausgedacht hatte, mit der alle, die nicht der chinesischen Schriftzeichen mächtig sind, in die Lage versetzt werden sollten, dennoch chinesische Wörter korrekt auszusprechen. Aber er hatte sich wohl nicht genug Zeit dafür genommen, dachte Xiao Hong, oder kannte einfach keine Sprache außer dem Chinesischen. So wie sie selbst.

Es dauerte über drei Wochen, bis Xiao Hong eine Antwort von ihrer Mutter erhielt. Der Brief war kurz, sie las die Sorge um ihren Vater heraus, obwohl ihre Mutter nichts dazu geschrieben hatte. Alles wäre in Ordnung, im Zentrum würde viel gebaut, bald gäbe es neue Häuser für alle in der Altstadt, das sei doch wunderbar, endlich würde es modern in Shanhaiguan. Ob sie in Deutschland auch gutes Essen bekäme und wie der Weg zur Arbeit wäre, hoffentlich nicht zu beschwerlich? Ihr Vater ließe sie grüßen und alle würden sich sehr auf den nächsten Brief von ihr freuen.

Xiao Hong hatte sich den Namen des deutschen Medikaments extra aufgeschrieben und den Zettel mit nach Deutschland genommen. Sie hatte gedacht, wenn sie genug Geld verdient hätte, könnte sie das Medikament ebenso gut gleich hier kaufen und ihren Eltern schicken, das ginge vielleicht schneller. Als sie erfahren hatte, wie lange es gedauert hatte, bis ihr Brief bei ihrer Mutter angekommen war, verwarf sie den Gedanken wieder.

Nur den Zettel behielt sie, wie einen Talisman trug sie ihn immer bei sich in der Tasche ihrer Hose oder ihres Rocks.

In ihrem zweiten Brief schrieb Xiao Hong davon, dass sogar eine Fähre aus der Stadt bis zu ihrem Hotel fahren würde. Es gäbe sogar einen eigenen Anleger für die Fähre. Fähren seien dort ein ganz normales Transportmittel, wie in China die Busse, ergänzte Xiao Hong. Obwohl Shanhaiguan am Meer lag, war sie sich plötzlich nicht sicher, ob ihre Mutter überhaupt Fähren kannte. Sie konnte sich nicht erinnern, dass ihre Mutter jemals am Meer gewesen wäre, weder allein noch mit ihrer Familie. Auch hatte sie nie davon erzählt. Das Leben ihrer Mutter hatte offenbar immer daraus bestanden, sich um ihre Familie zu kümmern, erst den Mann, dann den kleinen Sohn, später die kleine Tochter, schließlich ihre Eltern und die Eltern ihres Mannes. Heute lebte sie mit ihrem Mann und zwei Schwestern zusammen, die beide älter waren als sie selbst und Hilfe benötigten. Wann immer zwischen all dem noch Zeit gewesen war, war ihre Mutter putzen gegangen, um einige Yuan zu verdienen. Eines Tages hatte sie ihre Tochter, da war sie gerade 13 Jahre alt, mitgenommen und am Ende des Tages gesagt, dass sie Talent habe und mit dem Putzen später viel mehr verdienen würde als sie selbst. Damit hatte sie Recht gehabt.

Das Foyer im vierten Stock, direkt vor den Aufzügen, saugte Xiao Hong besonders gerne. Dort war ein großes, modernes Gemälde an der Wand angebracht. Man konnte nicht erkennen, was es darstellen sollte, aber Xiao Hong mochte es trotzdem. Oder gerade deswegen. Sie sah dort jeden Tag etwas anderes.

Wenn sie traurig war, waren es die Umrisse des Hutongs ihrer Eltern. Schien draußen die Sonne, sah sie den flach abfallenden Strand und das Stück der Chinesischen Mauer, das ins Meer hineinragte. Bei Regen sah sie ihren Bruder und ihren Großvater, die früher immer zusammen bei Regen eine Tonne aufgestellt hatten, um das Wasser zu sammeln, und dann oft noch lachend daneben stehenblieben, während ihre Haare und Gesichter immer nasser wurden. Eine Frau kam mit ihrem Kind um die Ecke und blieb vor dem Aufzug stehen. Xiao Hong machte rasch den Staubsauger aus, nur die Gäste nicht stören, nahm stattdessen den Staubwedel und reinigte die Ecke unter der Decke. Das Kind sagte etwas, zeigte mit seinem kleinen Finger auf einen beschrifteten Knopf neben der Tür zum Treppenhaus und sah seine Mutter fragend an. Xiao Hong hatte am zweiten Tag gelernt, dass auf diesem Knopf „Tür öffnen" steht, und da sie sich nicht viel merken musste, würde sie es wohl auch nicht wieder vergessen. Das Kind sagte noch einmal etwas, vielleicht sogar dasselbe, es begann mit „Was" das Wort kannte Xiao Hong inzwischen, lernte später auch, dass die ganze Frage lautet „Was steht da?", doch die Mutter schaute einfach an dem Kind vorbei oder durch es hindurch, war mit den Gedanken woanders, antwortete nicht. Als Xiao Hong am Nachmittag Ma Jing von der komischen Frau erzählte, lachte sie kurz, meinte, das sei bestimmt die aus dem dritten Stock, die sie gestern um einen Gefallen gebeten habe. Sie habe der Frau ein neues Kopfkissen aufs Zimmer gebracht, da hätte sie sie gefragt, ob sie so gut sein könne, ihr vorzulesen, was in der Speisekarte für den Zimmerservice steht, sie habe ihre Brille vergessen. Ma Jing schnaubte kurz. Brille vergessen, das habe sie schon so oft gehört hier, das hieße nichts anderes, als dass sie nicht lesen könne. Xiao Hong verstand nicht. Wie konnte jemand in solch einem teuren Hotel wohnen und dann nicht lesen können? Ma Jing zuckte mit den Schultern, sagte, lesen sei hier vielleicht nicht so wichtig wie Geld, aber das wollte Xiao Hong nicht glauben.

Xiao Hong klopfte an das Zimmer mit der Nummer 1036, drei Mal, wie man ihr es gezeigt hatte, rief dazwischen mit ihrer hohen Stimme „Housekeeping". Nachdem sich niemand aus dem Zimmer gemeldet hatte, öffnete sie es mit der Karte. Ma Jing nickte zustimmend. Seit einigen Tagen begleitete sie Xiao Hong auf den Rundgängen, gab ihr Anweisungen, beobachtete meist aber nur still, wie die Arbeit erledigt wurde. Sie würde es gut machen, sagte Ma Jing, deshalb hätte man zugestimmt, dass Xiao Hong ab der kommenden Woche auch alleine Zimmer putzen dürfe. Xiao Hong wurde rot vor Scham, Tränen schossen ihr in die Augen. Sie stammelte einen Dank und dass sie in der Schuld stehe. Zum ersten Mal, seit sie sie kannte, lachte Ma Jing. Das sei aber übertrieben, sie könnten ja demnächst mal zusammen ausgehen, es gäbe viele Chinesen in Hamburg, aber man würde sie nicht unbedingt auf dem Weg von ihrem Zimmer zum Hotel treffen. Sie könnten auch mal in ein Restaurant gehen, das Bekannten von ihr gehören würde, Xiao Hong bräuchte auch nichts zu bezahlen.

Xiao Hong machte nun mit den anderen Frauen zusammen Pause. Sie verstand noch immer kaum etwas von dem, was sie erzählten, aber die Hände und Füße konnten vieles übersetzen, manchmal half auch Ma Jing, wenn sie da war. Plötzlich lachten die anderen Frauen, eine schlug sich sogar auf den Oberschenkel. Ma Jing beugte sich herüber. Von den Frauen aus dem Frühstücksraum hätten sie gehört, dass manche Leute hier sogar ihr Brot zum Frühstück mit Messer und Gabel essen würden. Und sie würde doch diese Hörnchen kennen, die es hier immer zum Frühstück gäbe und die Croissants heißen? Xiao Hong nickte. Sie mochte Croissants, einmal hatte sie eines beim Bäcker gekauft und danach gleich ein schlechtes Gewissen gehabt, weil es einen Euro gekostet hatte. Selbst sein Croissant hätte heute Morgen ein Mann mit Messer und Gabel gegessen, kicherte Ma Jing. Xiao Hong blickte sie fragend an, und Ma Jing ergänzte, das sei so, wie Shou Zhua Bing mit Stäbchen zu essen. Xiao Hong lächelte vorsichtig, wusste nicht, ob die anderen sie hereinlegen wollten. Sie konnte sich nicht vorstellen, dass sich jemand beim Essen nicht die Hände schmutzig machen wollte.

Xiao Hong wusste, dass sie nur noch wenige Wochen hier arbeiten durfte. So hatte es ihr Ma Jing erklärt. Sie hatte fast alles gespart, was sie verdient hatte, aber es war doch weniger, als sie gehofft hatte. Es reichte einfach noch immer nicht, um ihren Vater für längere Zeit mit Medikamenten zu versorgen. Xiao Hong öffnete die Badezimmertür, schaltete das Licht ein. Die Handtücher lagen alle am Boden, sie verstand einfach nicht, warum die Menschen hier jeden Tag neue Handtücher brauchten. Xiao Hong hob sie auf und warf sie auf den schon überquellenden Wäschewagen. Zurück im Badezimmer, fiel ihr Blick auf die Ablage neben dem Waschbecken. Auf dem ockerfarbenen Marmor stand eine geöffnete Schachtel. Schon von der Tür aus konnte sie die kleinen gelben Tabletten erkennen. Und den großen Schriftzug auf der Schachtel hatte sie so oft gelesen, dass sie ihn immer vor Augen gehabt hatte. Xiao Hong atmete tief ein.

MundArt

Kilian rümpfte die Nase, als er sich leicht nach vorne beugte, um das verschimmelte Käsebrot aus der Nähe zu betrachten. Er war sich fast sicher, dass dort am rechten Rand, wohin der Schimmel sich noch nicht ausgebreitet hatte, eine kleine Ecke von Brot und Käse fehlte, die gestern Abend noch vorhanden gewesen war. Er richtete seinen Oberkörper wieder auf, schüttelte leicht den Kopf und atmete lange aus. „Hm", machte er, drehte sich um, ging mit langen Schritten Richtung Ausgang und machte nochmals „Hm". Auf seinem Schreibtisch würde er eine Aufnahme des Exponats vom gestrigen Abend finden, anhand derer er seinen Verdacht überprüfen würde.

Kilian ließ jeden Abend Fotos machen. Jeden Tag gegen 18 Uhr kam Frau Wefel, eine junge Fotografin, die selten lächelte und nie Farben trug, wartete gegebenenfalls darauf, dass die letzten Besucher um 18 Uhr die Ausstellungsräume verließen, und fotografierte dann alle 143 Exponate. In den ersten Wochen hatte Kilian sie noch begleitet, er wollte sichergehen, dass alles in seinem Sinne geschah, dass die Exponate in der richtigen Reihenfolge fotografiert wurden, mit den richtigen Belichtungsverhältnissen – obwohl er sich damit überhaupt nicht auskannte – und dass vor allem Frau Wefel nicht versehentlich eines der Exponate übersah oder – noch schlimmer – gar nicht als Exponat wahrnahm und es statt zu fotografieren möglicherweise in den Mülleimer beförderte. Frau Wefel machte gute Fotos, ihr Honorar war eher niedrig, doch mehr hätte Kilian gar nicht zahlen können, sie war recht umgänglich, nur eines wollte sie partout nicht machen: Die Exponate der Reihe nach von Nummer 1 bis 143 fotografieren und die Fotos dann auch in genau dieser Reihenfolge auf seinen Schreibtisch legen, als ein kleines Buch, eine Momentaufnahme eines Tages, in welcher sich die Dinge am immer selben Platz befanden. Wenn er dies wollte, so hatte sie zu Kilian einmal gesagt, hätte er eben die Exponate auch in dieser Reihenfolge aufstellen müssen. Aber nun stand direkt am Eingang die Nummer 24, daneben die Nummer 79, das ergäbe doch keinen Sinn, hatte Frau Wefel gesagt, und Kilian verstand nicht, was sie meinte. Schließlich hatten sie sich darauf geeinigt, dass Frau Wefel einfach von jedem Exponat ein Foto machte und Kilian die Fotos dann selbst sortieren musste, wenn er dies denn wollte. Kilian wollte das eigentlich nicht, zumindest kam es ihm nicht so vor, es war einfach nur logisch, die Fotos so zu sortieren, dass oben stets das Foto von Exponat 1 zu finden war und ganz unten das Foto von Exponat 143.

Kilian ließ sich langsam in seinen übergroßen Ledersessel gleiten und suchte in den Fotos, die am gestrigen Abend von den Exponaten gemacht worden waren, das angeschimmelte Käsebrot. Als er das Foto gefunden hatte, hielt er es zunächst am ausgestreckten Arm hoch, kniff die Augen ein wenig zusammen, dann öffnete er sie weit und führte das Bild näher an seine Augen heran. Schließlich nickte er, schüttelte fast gleichzeitig den Kopf, legte das Foto auf seinen Schreibtisch und schnalzte mit der Zunge. Nun war es sicher: Über Nacht war von Exponat Nr. 61 – dem angeschimmelten Käsebrot – eine kleine Ecke abhandengekommen. Vielleicht ein halber Zentimeter im Kubik, wenn es hochkam. Kilian würde das Exponat gleich aus der Ausstellung nehmen.

Das Museum für Mundraub war der ganze Stolz von Anton Kilian Kilian. Er hatte es vor gut zwei Jahren gegründet und leitete es nach wie vor alleine.

In der Schule hatte Kilian noch Anton geheißen, manche Kinder nannten ihn auch „Anti", was ihn zutiefst verunsichert hatte, vor allem dann, wenn sie deshalb lachten. Seine Eltern hatten ihn auf Anton Kilian Kilian taufen lassen. Lange Zeit war er sich sicher gewesen, dass alle Kinder zwei Vornamen hatten und dass der zweite Vorname stets mit dem Nachnamen übereinstimmte. Als er dies in einer Pause einmal gesagt hatte, lachten die anderen Kinder wieder über ihn und riefen ihn fortan nur noch „Anti Anti".

Irgendwann, viel später in seinem Leben, nannte er sich nur noch Kilian und stellte sich auch so vor: „Kilian." Manchmal sah er die Irritation in den Gesichtern seiner Gegenüber, die sich insgeheim fragten, ob er sich gerade mit seinem Vor- oder Nachnamen vorgestellt hatte. Es amüsierte ihn, dass diese Frage noch nie laut gestellt worden war.

„Am Anfang meines Museums stand ein Apfel – oder vielmehr er lag", erzählte Kilian stets. Auch als Atheist war sich Kilian zwar der biblischen Implikationen bewusst, hielt dies aber für nichts weiter als einen Zufall.

Er hatte an einem Mittwochabend kurz vor Ladenschluss noch rasch einkaufen gehen wollen. Als der Supermarkt bereits in Sichtweite war – Kilian ging mit seinen langen Schritten energisch darauf zu, war bereits etwas außer Atmen, und warf immer wieder einen Blick auf seine Armbanduhr, um sich zu vergewissern, dass er es noch rechtzeitig schaffen würde –, hörte er aus dem Eingangsbereich plötzlich lautes Geschrei, gleich darauf rannten zwei junge Männer aus dem Supermarkt heraus, gefolgt von einem älteren Herrn, der ob seiner körperlichen Fülle weniger rennen, dafür aber umso lauter schreien konnte. Kilian blieb automatisch stehen. Die beiden jungen Männer, sie trugen dreckige Hosen und Hemden, was Kilian aufgrund der herrschenden Außentemperaturen für keine angemessene Kleidung hielt, liefen an Kilian vorbei, ohne ihn eines Blickes zu würdigen. Der eine klammerte die Hände um eine kleine Plastiktüte, der andere presste – wie Kilian gleich darauf feststellte – einige Äpfel an seinen Körper, von denen einer zu Boden fiel, als sie gerade um die nächste Ecke rannten. Keiner von beiden zog es auch nur in Erwägung, langsamer zu werden, geschweige denn umzukehren und den Apfel aufzuheben.

Dann war es wieder still.

Kilian hatte als einziger Mensch auf dem kleinen Platz gestanden, hatte ratlos zum Supermarkt geblickt, in welchem der füllige Mitarbeiter gerade wieder verschwand, hatte sich nochmals umgedreht zu der Ecke, hinter welcher die beiden jungen Männer verschwunden waren, dann fiel sein Blick auf den Apfel, der – nachdem er zu Boden gefallen war – noch einige

Zentimeter nach rechts gekullert war und nun ruhig dort lag, an einer Seite etwas eingedrückt. Verloren, dachte Kilian.

Kilian vermochte später nicht mehr zu sagen, wie lange er dort gestanden hatte, ehe er etwas zögernd in Richtung des Apfels ging, vor dem er abermals stehenblieb. Er schaute sich um. Es war nicht sein Apfel. Andererseits schien es jetzt niemandes Apfel zu sein. Und er bückte sich, um den Apfel aufzuheben. Kilian ging an jenem Abend nicht mehr in den Supermarkt. Stattdessen lief er rasch nach Hause, hielt den Apfel dabei die ganze Zeit vor sich, konnte ihn schier nicht aus den Augen lassen, bis er endlich in seiner kleinen Wohnung angekommen war und ihn geradezu übervorsichtig auf den Küchentisch legte.

Der Apfel wurde – in Alkohol eingelegt – zu Exponat Nummer 7. Kilian mochte die Zahl sieben, weil er an einem siebten geboren worden war. Das Museum wurde schließlich mit zwei Exponaten eröffnet: dem Apfel und einem angebissenen Schokoriegel, der die Nummer 5 trug.

Kilian war wieder einkaufen – er tat dies nach dem Vorfall mit dem Apfel deutlich häufiger als zuvor, als eine junge Frau mit fünf Kindern seinen Weg kreuzte. Kilian mochte Kinder nicht. Und diese Kinder ganz besonders nicht, sie waren laut, schrien herum, wollten alles haben. Die Mutter – Kilian nahm jedenfalls an, dass es die Mutter war – sagte alle paar Sekunden „Fresse", während sie auf ihrem Smartphone tippte. Kilian war gerade im Begriff, sich einen anderen Weg in Richtung der Käsetheke zu bahnen, als er sah, wie eines der Kinder – Kilian schätzte es auf sechs Jahre, aber er war nicht gut darin, das Alter anderer zu schätzen – eine Packung Schokoriegel aus dem Süßwarenregal nahm damit den anderen vor der Nase herumfuchtelte. Der Junge schrie etwas wie „Die sind für mich und nicht für euch!", worauf die anderen in das Geschrei einstimmten, im Wesentlichen wollten sie diese Aussage nicht gelten lassen, und schließlich rissen sie die Packung – „Fresse" blaffte Mutter in das Display – auf. Die Kinder schauten kurz auf die kaputte Packung, dann etwas unsicher in Richtung ihrer Mutter, die kleineren kicherten nervös, als der Größte allen einen Riegel in die Hand drückte. Sie tuschelten nur noch, der Kleinste hatte den Riegel schon geöffnet und hineingebissen. Es war zu ruhig. Die Mutter blickte vom Display auf – „Ich glaub, ihr habt sie nicht mehr alle!" –, machte zwei Schritte in Richtung ihrer Kinder, der Kleinste stand am nächsten und wollte gerade ein zweites Mal vom Riegel abbeißen, als die flache Hand seiner Mutter ihn im Gesicht traf. Sofort fing er an zu heulen, ließ den Schokoriegel fallen, die anderen starrten die Mutter an, die noch immer schrie und tobte, das Smartphone dabei fallenließ und dann noch lauter tobte – „Jetzt habt ihr das auch noch kaputt gemacht!" –, dann die offene Packung Schokoriegel in den Einkaufswagen warf und die gesamte Kinderschar mit lautem Geschrei Richtung Kasse lenkte. Der angebissene Riegel des Kleinsten lag noch immer auf dem Boden.

Kilian wusste natürlich, dass das Exponat Nummer 5 in seinem Museum – so er denn den Namen ernst nähme – fehl am Platze war. Aber im Gegensatz zu vielem anderen nahm er das in diesem Fall nicht so genau.

In den Monaten nach der Eröffnung seines Museums war Kilian viel unterwegs, um mehr Exponate zu sammeln. Er hatte überlegt, die Ausstellung der zwei Exponate dann gleich wieder zu schließen, während er auf Reisen war, sich aber schließlich dazu entschieden, sie zumindest zwei Tage pro Woche zu öffnen und jemanden als Aushilfe einzustellen, der die Aufsicht übernahm. Kilian kehrte von seiner ersten kurzen Reise bereits mit vierzehn Exponaten zurück. Darunter war eine kleine Tüte Nüsse, die er im Flugzeug bekommen hatte. Als Kilian im Flugzeug seine Augen zu einem kleinen Mittagsschlaf geschlossen hatte – das jedenfalls hatte er vorgegeben –, hatte der ältere Herr neben ihm ganz langsam seine linke Hand in die Richtung von Kilians Tablett bewegt, auf dem wiederum die geöffnete Tüte Nüsse lag. Mit Zeigefinger und Daumen, so konnte Kilian durch seine eben doch nicht ganz geschlossenen Augen sehen, griff der Herr dann zwei Nüsse heraus und führte sie bedächtig zu seinem Mund. Kilian hätte beinahe lachen müssen und unterdrückte dies mit einem vorgetäuschten Gähnen, worauf der Herr seinerseits in einen vorgetäuschten Mittagsschlaf fiel und die Augen bis zur Landung nicht mehr öffnete. Die Nüsse wurden Exponat 19, weil sich noch 19 Nüsse in der Tüte befanden. Kilian hatte sie gleich nach der Landung gezählt.

Auf seiner nächsten Reise wollte sich Kilian etwas aktiver um Exponate bemühen. Wenn, so dachte er, dieser fein gekleidete ältere Herr im Flugzeug sich getraut hatte, nach dem Essen seines Sitznachbarn zu greifen (Kilian dachte zuerst „nach den Nüssen seines Sitznachbarn zu greifen", wurde dann aber kurz rot und dachte den Satz neu), so könnte doch auch er selbst, Kilian, genau das tun und so in kurzer Zeit eine schier unglaubliche Menge an Exponaten zusammentragen oder -greifen.

Kilian hatte während seiner nächsten Zugfahrt ständig um sich geschaut. Lange Zeit war er von lauter Alleinreisenden umgeben, die allesamt scheinbar nichts essen wollten oder mussten. Irgendwann stiegen endlich ein älteres Paar sowie eine junge Frau mit einem kleinen Kind ein. Erwartungsgemäß packten alle gleich nach der Abfahrt ihre mitgenommenen Speisen aus. Kilian sah die belegten Brote des älteren Paars, roch den Käse und die Wurst, beobachtete den Mann, wie er mit seinem viel zu großen Mund von den Broten abbiss und anschließend geräuschvoll kaute und schluckte. Kilian ekelte sich. Er wollte das Essen dieses Mannes nicht anfassen, selbst wenn er es gekonnt hätte. Die junge Frau hatte sich mit dem kleinen Kind auf der anderen Seite des Ganges niedergelassen und neben frischem Obst – zwei Bananen und eine Birne – auch eine Thermoskanne ausgepackt. Sie belehrte das Kind dann zunächst über die Bedeutung der Vitamine im Obst und auch darüber, welchen Effekt es auf die Zähne und überhaupt das Gebiss wie auch die Kiefermuskulatur hat, wenn man viel kaute. Das Kind nickte einmal müde, lehnte sich dann zurück und schlief ein, während seine Mutter erläuterte, warum Kräutertee ohne Zucker ein viel besserer Durstlöscher sei als alles andere. Kilian hatte den Kopf geschüttelt und dann den Rest der Fahrt aus dem Fenster geschaut.

Kilian saß noch immer an seinem Schreibtisch und dachte darüber nach, wie er an ein neues Exponat kommen würde, um das Käsebrot zu ersetzen. Vielleicht sollte er das Käsebrot auch einfach gar nicht ersetzen und die Nummer 61 nie wieder vergeben. Schließlich war es auch klar gewesen, dass gerade das Käsebrot nur temporär ausgestellt werden würde.

Einmal mehr kam Kilian der Zufall zu Hilfe, diesmal in Gestalt eines kleinen Artikels in der Zeitung am nächsten Morgen. Einige Tage später hatte Kilian ein neues Exponat, dem er die Nummer 61 zuteilte: ein Karton mit Keksen. Etwas euphemistisch trug jeder der einzeln verpackten Kekse die Aufschrift „Karamellgebäck". Nach Kilians Auffassung handelte es sich nicht wirklich um Gebäck und auch unter Karamell verstand er etwas völlig anderes als der Hersteller. Kilian stellte die Schachtel vorsichtig auf das Regal, in dem bis vor einigen Tagen noch das Käsebrot ausgestellt worden war, und überlegte, ob er zum ersten Mal die Geschichte dieser Schachtel aufschreiben und neben dem Exponat auslegen sollte.

Julian R. hatte als Aushilfe in einem Café gearbeitet, um nicht nur sich, sondern vor allem auch die Familie seiner Schwester, deren Mann vor einem Jahr tödlich verunglückt war, zu ernähren. Neben seiner Arbeit als Aushilfe im Café arbeitete Julian R. auch als Nachtportier in einem Hostel, wo er sich jede Nacht von aufmüpfigen Jugendlichen anschreien lassen musste, wenn er ihnen einfach keinen Alkohol verkaufen wollte oder sie auch einfach nur nicht mehr dazu in der Lage waren, das gekippte Fenster zu schließen, und deshalb zur Rezeption gingen und sich über den schlechten Zustand der Zimmer – manche sagten sogar „über die schlechte Technik" – zu beschweren. Julian R. trug es mit Fassung, seit er sich zur Gewohnheit gemacht hatte, an diesem Arbeitsplatz stets Ohropax zu tragen. Die Schwester von Julian R. hatte drei kleine Kinder, sonst gab es keine Verwandten mehr, die sie hätten unterstützen können, und da ihr Mann ihr nicht unerhebliche Spielschulden hinterlassen hatte, wurde jeder Cent dreimal umgedreht. Julian R. liebte seine zwei Neffen und seine Nichte, ebenso wie seine Schwester, und hoffte, dass sie irgendwann wieder einmal auf eigenen Füßen stehen können würde. Bis dahin versuchte er sie zu halten, so gut es ging, obwohl er selbst seit Jahren nur Aushilfsjobs bekam. In dem Café trug Julian R. jeden Tag hunderte Tassen koffeinhaltiger Getränke hin und her, schlichten Kaffee für die Rentner, Latte Macchiato für die Damen zwischen 30 und 40, die zu zweit, dritt oder viert kamen, Espressi vornehmlich für die Herren, die ihre Mittagspause im Café verbrachten. Neben jeder dieser vielen Tassen lag stets ein einzeln in Plastik verpackter Keks. Julian R. mochte diese Kekse überhaupt nicht. Seine Neffen und seine Nichte liebten sie. Während die Damen zwischen 30 und 40 meist ihren Keks zur Latte Macchiato knabberten, die Rentner ihn gerne mit nach Hause nahmen, wurde er von den Herren mit Espresso stets verschmäht. Julian R. legte einmal pro Woche jeden vierten oder fünften der zurückgebliebenen Kekse in einen kleinen Karton im hinteren Bereich, und nahm sie am Ende des Tages mit. Das ging genau dreimal gut. Julian R. konnte seine Geschichte – stark vereinfacht und gekürzt – bald darauf in der Zeitung lesen, ob er wollte oder nicht. Kilian hatte diese Geschichte ebenfalls gelesen und dem Café, das die Kekse partout nicht verschenken wollte, diesen kleinen Karton mit genau 9 Keksen schließlich abgekauft.

Kilian stand vor dem Regal mit Exponat Nummer 61 und zögerte. Dann entschied er sich, auch diese Geschichte für sich zu behalten.

LAUTLOS

Graue Wolken hingen über der Stadt. Alles war still. Seit Tagen stand die schwüle Luft zwischen den engen Häuserreihen, kein Lüftchen hatte sich geregt. Sie stütze sich auf das Geländer des Balkons, schaute gen Himmel und wartete auf die ersten Regentropfen seit Wochen. Eine kaum spürbare Brise streifte ihre rechte Wange.

Vor nicht allzu langer Zeit noch war die Stadt laut gewesen. Die Autos hatten gehupt, die Motoren heulten ständig auf, die Leute schrien sich an und die Kinder brüllten. Wenn sie spät nach Hause kam, nach einem anstrengenden Tag, wünschte sie sich nichts mehr als Stille. An solchen Abenden trieben sie die Autos, die Flugzeuge und die Menschen draußen beinahe in den Wahnsinn. Manchmal war sie schließlich wutentbrannt wieder hinausgelaufen, hatte sich in den nächsten Bus gesetzt und war auf irgendeinen Friedhof gefahren. Wenn sie dort angekommen war, die Geräusche der fernen Autobahn hörte und zu viele Menschen viel zu laut redeten, kehrte sie gleich wieder um. Es gab hier einfach keine vollkommene Stille.

Sie suchte nach Möglichkeiten, vor dem Lärm zu fliehen, las wochenlang Stellenanzeigen. Sie sammelte Informationen, recherchierte Daten, überarbeitete immer wieder ihre Unterlagen. Stets suchte sie zuerst auf einer Landkarte den Ort, an den es sie ziehen sollte, und fast immer stellte sie enttäuscht fest, dass er in der Nähe einer Großstadt lag. Irgendwann gab sie auf. Sie musste sich mit dem Lärm arrangieren.

Sie kam mit einem Stapel von Katalogen aus dem Reisebüro. Die Dame hinter dem weißen Schreibtisch hatte mitfühlend gelächelt, als sie auf die Frage nach ihrem Urlaubsziel nur gesagt hatte, es müsse ruhig dort sein, alles andere sei ihr egal. Oben auf dem Stapel lag nun ein Katalog für Reisen nach Grönland und zum Nordpol, aber ja nicht auf diesen modernen Kreuzfahrtschiffen, hatte sie sehr energisch gesagt. Darunter befanden sich norwegische Ferienhäuser an Fjorden und Ausflüge zum Nordkap. Island hatte ihr die Dame ebenfalls mitgegeben. Zu Hause vertiefte sie sich in die bunten Seiten, betrachtete papierene Sonnenuntergänge und matt leuchtende Eisberge. Die Stille schien käuflich zu sein.

Sie solle es doch einmal mit autogenem Training versuchen, hatte ein Arbeitskollege ihr zugeflüstert, als sie gerade hektisch nach einer Präsentationsmappe suchte. Sie blickte ihn entgeistert an, hielt einen Moment inne. Wie er darauf käme, fragte sie zurück, und setzte ihre Suche in den Schreibtischschubladen fort. Ihr Kollege flüsterte, dass sie so zerstreut wirken würde und auch etwas angespannt, aber er hätte ihr natürlich nicht zu nahe treten wollen. Schließlich drehte er sich um und schlich förmlich aus ihrem Büro. Sie schüttelte den Kopf, verstand nicht recht, was ihr Kollege meinte, warum er so geheimnisvoll tat und flüsterte. Als befürchte er, sie könnten abgehört werden. Lächerlich, dachte sie, während endlich in einer Schublade die

Mappe auftauchte, sein Verhalten war ebenso lächerlich wie der Vorschlag.

Freitagnachmittag war sie selbst erstaunt darüber, dass die Woche bereits vorbei war. Die Arbeit war ihr leichter gefallen als sonst, und es war ruhiger gewesen im Büro. Sie dachte an die zahlreichen Kataloge, die nun seit einiger Zeit auf ihrem Wohnzimmertisch lagen, an all die Fjorde und Eisberge und ruhigen Seen. Allein, dass sie sich die Kataloge immer und immer wieder angeschaut hatte, schien ein wenig Stille in ihr Leben gebracht zu haben. Selbst ihre Nachbarn hatten den Fernseher etwas leiser gestellt, dachte sie abends und griff mit einem zufriedenen Lächeln nach dem Buch auf ihrem Nachttisch.

Der Arzt hatte die Stirn in Falten gelegt. Sein Anblick irritierte und beunruhigte sie.

„Frau Schneider", sagte er schließlich sehr leise und sehr langsam.

Sie reagierte nicht. Sie starrte ihn nur an und versuchte die Anspannung zu verbergen.

„Es ist so ... Ihr Gehör, also Ihre Ohren, genauer gesagt ..." Er holte tief Luft. „Ich mache es kurz. Ich fürchte, Sie werden in absehbarer Zeit Ihr Gehör verlieren, und es gibt nichts, was man dagegen tun kann." Er schaute sie ernst an, schien irgendeine Reaktion zu erwarten.

Sie schüttelte kaum merklich den Kopf. „Warum?", hauchte sie.

Der Arzt machte eine hilflose Handbewegung, suchte nach Worten.

„Ehrlich gesagt, ich weiß es nicht. Vor der ersten Untersuchung hatten wir ja noch eine konkrete Vermutung, aber ..." Er wich ihrem Blick wieder aus, starrte auf den Schreibtisch, als würde er dort eine plausible Erklärung finden. Wieder hob er hilflos die Hand und ließ sie wieder fallen. „Wir haben alle möglichen Tests mit Ihnen gemacht, das wissen Sie ja selbst ..." Er seufzte. „Ihr Hörvermögen hat allein in den letzten drei Wochen sehr stark nachgelassen. Ich fürchte, wir können nur ein wenig Abhilfe schaffen und das Schlimmste durch Hörgeräte herauszögern."

Sie saß nach wie vor regungslos auf dem Stuhl und sagte nichts. Es war keine Einbildung gewesen, dass es ruhiger geworden war in ihrer Wohnung. Nur draußen, dort war alles noch genauso wie immer.

Vor der Eingangstür der Praxis atmete sie tief durch, dann sah sie sich vorsichtig um. Der Mann, der von links auf sie zukam, starrte sie förmlich an, und sie schaute rasch zu Boden. Entsetzt dachte sie an die letzten Wochen im Büro, an die vielen Gespräche, bei denen sie hatte nachfragen müssen, weil sie etwas nicht ganz verstanden hatte. Autogenes Training, das hatte sie mehrmals gehört, immer mit etwas verlegenem Unterton hatten ihre Kollegen gemeint, sie sei wohl überarbeitet und müsse einmal richtig ausspannen. Zitternd schlug sie die Hand vor den Mund. Als sie sich ein wenig beruhigt hatte, lief sie nach Hause, so schnell es nur ging. Sie schloss sich ein, sie versteckte sich, und sie wollte nie wieder in ihr Büro zurückkehren.

Sie stand etwas verloren in der riesigen Buchhandlung, wusste nicht recht, in welcher Abteilung sie suchen sollte und ging schließlich etwas unsicher auf die Dame am Informationsschalter zu. Tagelang hatte sie seit dem Arztbesuch auf alle Geräusche geachtet, wollte herausfinden, ob ihr Gehör bereits weiter nachgelassen hatte. Ständig dachte sie über ihre eigene Stimme nach, fragte sich, ob sie inzwischen vielleicht viel zu laut spräche, andere Menschen schon förmlich anschrie. Sie erinnerte sich an ihre Großmutter, die stets viel zu laut gesprochen hatte. Wenn sie dann mit ungeduldiger Stimme entgegnete, sie könne noch sehr gut hören, hatte ihre Großmutter dies wiederum nicht richtig verstanden und nur gelächelt, um die Peinlichkeit zu überspielen. Als sie nun schon beinahe in greifbarer Nähe des Informationsschalters war, die Dame lächelte freundlich, setzte bereits zu einer höflichen Begrüßung an, da wandte sie sich ab und eilte verschämt zum Ausgang.

Sie wollte begreifen, was in ihr vorging. Ein Buch über die menschliche Anatomie im Allgemeinen hatte sie im Internet bestellt, eines über Erkrankungen der Ohren und eines über die Gefahren von Lärm. Dann blätterte sie sich über zahlreiche Dezibeltabellen und Lärmmessungen hin zu Ratschlägen für ein ruhigeres Leben, für bewusstes Abschalten und das Lauschen der Stille. Sie las sich durch das äußere Ohr und durch das Mittelohr bis zum Innenohr, betrachtete nachdenklich die Illustration mit den vielen Beschriftungen. Mit dem Zeigefinger tippte sie vorsichtig auf die Abbildung von Hammer, Amboss und Steigbügel, als könnten diese unter der Last ihrer Fingerkuppe zerbrechen.

Die Hörgeräte lagen auf dem Wohnzimmertisch. Sie hatte sie schon seit Tagen nicht mehr benutzt, und die Autos auf der Straße verschwanden dadurch ebenso wie die Flugzeuge und die Menschen. Ihre Großmutter hatte ihr Hörgerät fast nie getragen. Dann sei ja alles so laut und sie würde sogar die Autos auf der Straße hören, hatte sie empört gesagt. Sie schaute zum offenen Fenster, ihre Augen brannten plötzlich und sie konnte es nur noch verschwommen sehen. Als ihre Wangen warm und feucht wurden, bemerkte sie entsetzt, dass ihr eigenes Schluchzen kaum noch zu hören war. Sie schlug die Hände vor ihren Mund und weinte lautlos.

Wann immer in den darauffolgenden Wochen noch irgendein Geräusch an sie drang, schaute sie sich zunächst fragend um. War es nur in ihrem Kopf? Manchmal hätte sie gerne jemanden gefragt, hätte sich gerne versichert, dass das Flugzeug am Himmel dröhnte, dass das kleine Kind am Ende der Straße schrie und dass ihre Nachbarn wieder viel zu laut Musik hörten. Doch sie fragte nur sich selbst und suchte hektisch weiter, bis sie eines Tages nichts mehr fand.

Endlich entluden sich die dunklen Wolken. Sie atmete die frische Luft des Sommergewitters ein, streckte die Hand nach den ersten Regentropfen aus. In der Ferne sah sie Blitze aufflackern, und in Gedanken zählte sie automatisch die Sekunden bis zum Donnern.